Schnurschtracks, wohi?

Margit Jahrstorfer

Mein herzlicher Dank gilt Edi, der mich geschubst hat, dieses Buch endlich in Angriff zu nehmen, und Helmut, der die Zeichnungen erstellt hat.

Schnurschtracks, wohi?

Gedichte in niederbayerischer Mundart

Margit Jahrstorfer

Zeichnungen
Helmut Sollinger

© 2007 by Margit Jahrstorfer
Herstellung und Verlag: Books on Demand
GmbH Norderstedt
ISBN 9-7838-3700-7374

draußn

Auf d Nacht am Chiemsee

A Waller schwebt hoch obm dahi
und gnockt sie aufn Wendlstoa,
de Sonnapunktal blendn mi,
da Föhn kampet as Birkenhoar.

Übam Suibaspiagl danzn d Muckal,
a Fisch schnappt Ringal in sei Nass,
drübm, auf dem woidbeweatn Buckal
duckert a Buidog aufi d Straß.

A Hund wufft leis am Heisl hintn,
im Schuifstanglvosteck is staad,
und üba meina in da Lindn
hots d Spotzn scho zum Schlof reigwaht.

Wiara Modasuppn schmeckt da Wind,
i grob mein Zehan nei in Schlamm,
wo i a laare Muschl find,
und d Sonn geht schlaffa hinterm Kamm.

Ohmei, da Mai

Wos duad da Mensch im Mai?
Er hockt si in sein Gartn nei
und mecht des staad genießen,
wias bliaht und d Bladln sprießen.

Na schaut a so rundumadum
und gfreit si, wie s schee scheint, den Sunn,
de Vögerl pfeifan, wia si s ghört,
und nebendro da Mäher plärrt.

Ja mei, der Nachbar hot scho recht,
des ungmaht Gros macht si ganz schlecht,
und s Unkraut wachst de Wegal zua.
Wer ko da sitzn bleibm in Ruah?

Scho springt a auf und werglt los:
So vui zum doa, wia schaff i s bloß,
des Gras, de Stauan, d Baam, da Zaun,
a Gartnheisl woit i baun,

umgschaufet ghert da Komposthaufa,
an Rindnmuich muaß i no kaufa,
de Pfingstrosn mitm Staberl stützn,
fürn Stoagartn no epps stibitzn.

Und statt auf der Terrass zum flacka,
duad unsan Mensch de Unrast packa,
er arwat, hetzt und schwitzt dabei:
Dees duad da Mensch im Monat Mai!

Baama

Sie stengan do und rian si ned,
jahrhundertlang am seibm Fleg,
und ob da Kout guad oda schlecht,
si schaugn, wos geht, es is ois recht.

Wer steha bleibt bei gaache Stürm
und trotzt am Käfer und de Würm,
wird maachtig und wachst ohne Hast;
si trenzn ned, bricht aa a Ast.

So wiar a Baam mecht i gern lebm,
staad vor mi hi in Himme strebm,
wos kimmt, hinehma ohne Gschiß
und zfriedn sei mit dem, wos is.

Weils gsund is

Neili war i amoi spaziern
im Woid an aram Boch,
do duad mi irgndwos irritiern,
i denk ma, schaugst hoit noch.

Wos is denn des, wos is da los?
Ja, san de narrisch worn?
Fünf Hansln, bis zum Knia rauf d Hos,
stengan boar Meta vorn
mit nackte Fiaß im Wasser drin
und stakseln wia de Reiher.
I denk, i frog moi, und geh hin.
„Wos treibts denn ihr, beim Geier?"

„Des is a Gaudi, des is gsund,
geh eina do, du feige Nuss!"
„Eich muass doch friarn ois wiar an Hund."
„Naa, naa, des is a Hochgenuss!"

De quietsch, plantschn, blearrn und lacha,
i moan, des klingt fei guat,
ma soit amoi wos Spinnads macha,
i leg glei ob und mit vui Muat
steig i zu dene nei ins Wassa.
Do biagts ma Zehannägl auf,
i dua an Schroa, werd immer blassa,
sie haun mia auf mei Schiuta nauf.

„Jetzt sog, is des ned oafach schee,
im koidn Wassa do herin?
Des Wassertretn-Kneippn-Geh?"
Mi beidlts und i glaub, i spinn.

A andre Kneipn waar ma liaba,
i muaß vom koidn Wassa raus,
ihr kennts mi moi, i geh jetzt nüba
und kneipp vo innen im Wirtshaus.
Des Wassa is herzkaschperlkoid,
des ko i ned votrogn.
A Mass koids Bier, des habts jetzt gschnoid,
is gsünda füa mein Bayernmogn.

Schtraßncafe umara neine

Heit geh i in d Stod und da gönn i mir wos,
sitz mi ins Cafe, naa, ned hinters Glos,
herausd auf da Straß, auf an
Maschndrohtstui,
do siegst glei vui meara vo dem
Stodstaßngschpui.

Se watschln und latschn an mia do voabei,
ois kannt nixn scheena wia in da Stod
rumgeh sei.
A oids Ehepaar, an da Hand hot ea s packt,
in am Kindawogn a liabs Zwackerl drin
flackt,
mitm Hacklstecka humpet oana voro,
da nächst hot am Huat koa Krempn ned dro.
A Madl, aus da Kurzn ihr Osch aussalurt,
a Mama schreit laut, damit da Malefitz
spurt.

Dem drübn steht vo da Glatzn a Schiebe
hoch,
de Ameisn fliagn gschaftig ausm Loch,
a Tourist inschpiziert sein Fotoapparat,
ob er de Kirch aa richtig schee droffa hot.
Zwoa Buama kaffan si a Schokoeis,
an da Stuilehna pappt a Taubnscheiß,
des nächste Baby schaut ganz gschreckt,
am Hauseck a Hund sein Haxn hochreckt.

In an Taxi hockt a Brautpaar drin,
am Sonnaschirm baumlt lustig a Spinn.
Oana hod si glei sauba und fesch oglegt,
unds Lüfterl a Papierl übers Trottoir fegt.
Da Bus brummt hinter meina vorbei,
drei aufbacklte Radler sausen hinterdei,
s Lehrmadl vom Metzga kimmt vom
Semmekauf,
de deire Budick macht ihr Ladntürl auf.

Ausm Bäckergschäft riachts griabig nach
Brot,
mit zwoa Enkal hot d Oma ihr liabe Not,
da oane mecht hoam und da ander zum
Biesln,
vo da Hauswand duad da Butz obariesln.
Zowa Buama mit Stirnband, de Hosn am
Knia,
und oana, der schweißlt da arg neba mia.
De Sonn streng si oo, drübn stöckelt a
Schicksn,
a Lausbua schpiut Fuaßboi midara Bichsn.

I löffet den Muichschaum ausm Glasl voi
Latte,
am Himme schwimman Woikn ois wiara
Watte,
und i frog mi, warum so vui Leit grantig
schaugn,
a so a Herrgottsdog, der muass oam doch
daugn!

Ausse mit eich!

I sog eich wos, da Hiagst is schee!
Wann i am Raschlweg naufgeh,
de Bladl schaufe mit de Haxln,
a Oachkatz siehg am Baam naufgraxln,
glei nebam Weg wachst rod a Schwammerl,
da Igl mäst sie o a Wammerl.

De Oachln krachan unterm Schritt,
a Birn nimmst im Vorbeigeh mit,
schteckst d Händ in d Taschn, schaugst zum Himme
und gfreist di übers Woikngwimme.
S is nimmer warm und no ned gfrorn,
und blost da Wind, griagst rode Ohrn.

De Luft schmeckt wiara Modersuppm,
i stapf ganz gmiatli nauf zur Kuppm,
vo wo ma weit ins Land neischaut,
wo si da Nebe zammabraut.
Bist gwandert so, duad nix mehr weh.
I sog eich wos, da Hiagst is schee!

Alpenüberraschung

Gestricha voi hab i di Nasn,
weil gwergelt wird ja s ganze Jahr,
in Urlaub fahrn, genau, des dua i,
in d Berg zum Wandern, is doch klar.

I rumpet auffi aufn Gipfe,
de Sonna scheint, da Himme blaut,
de saubre Luft, des Dohlenkrächzn,
und Berg, so weit des Aug nur schaut.

De Latschn riachan frisch und würzig,
do kanntst de ganze Wäit umschlinga,
des Herz wird weid, da Schweiß rinnt oba,
jetz brauch i aba wos zum Dringa.

In d Hüttn eini, da is gmiatli,
a Radler bstäit, ja, glei a Mass,
grad zünfti is, und no a zwoate,
da knurrad Mogn kriagt aa scho was.

An Kaiserschmarrn, des ghört se so,
was Typisches aus Österreich,
a Bursch bedient, total im Stress,
 sogt oiwei nur: „Ja, ja, gleich, gleich!"

Und in da Kuchl drin de Köchin
schreit lauthois naus: „Mach geene Faggsn!"
I glaub, mi laust da Aff am Zehan,
de zwoa, de Wirtsleit, san aus Sachsn!

S Museum

Wos duast, wann oisse zammakracht
- de oide Burg ghert gricht -
und nachad d Diskussion entfacht,
was mit ihr jetzad gschiecht?

A Jugendherberg? A Hotel?
A Wirtshaus mit Biergartn?
„Naanaa, des daugt nix", sogt dersell,
„i hob no bessre Kartn.

Do drobm am Dachbodn is ois voi
mit oide Sachan, guat beinand,
de Burg, des Zeigl, sogts amoi,
werd zum Museum! Des waar gwandt!"

So a Museum is ganz praktisch
ds ham scho meara Leidl gschnoid,
du lodst, wennst so a Glump host, faktisch
des ab. Fürs Oschaugn wird no zoit.

In Mittafeis is grod so kema,
vom Dachbodn aussakramt den Grusch,
de Sachan hergricht, imma scheena,
und ausgstäit werns eitzt. Spuits an Tusch!

Mei, wos ma do ois oschaugn ko:
A Gfängniszein vo ehedem,
Soidatngwand mit Ordn dro,
a Handwerksszeig, as Haushoitslebm.

Vui Gschirr vom Kocha und de Rooß,
Urkundn und voguibte Buida,
a heiligs Sach im Obergschooß
und s Gwahr vom Sepp, dem Wuidra.

Ja, Leidln, gehts no umaranand,
schaugts eich ois o und gfreits eich glei,
denkts dro, wia schwaar s Lebm aufm Land
friarars no war in Woid und Gai.

So a Museum heift erhoitn,
wos d Vorfahrn garwat ham und gleist.
Reschpekt und Achtung soitn woitn,
damitst an dem, wos d host, di gfreist.

Autobahngschpassettl

Nix scheeners ned ois Auto fahrn
auf der bummvoia Autobahn.
I hob ma denkt, mei is des geil,
drum mach i des zu meinem Heil.
Bin quer durch s Landl gfahrn wia süchtig,
hob Kilometer gfressn tüchtig.

I sog eich wos, des is des beste,
du überhoist, dann kimmt der nächste,
no oana und a vierta no,
na hängst di wieda vorn glei dro.
Und eitz muasst du ganz langsam doa,
na hupens und fahrn wieda vor.

Des is a Gaudi, glaubts es mia,
wann d Brummifahrer drohen dia,
wanns mit da Faust rumfuchteln grantig,
aufblendn, hupm, blearrn recht hantig,
so sauba duad des dene stinga,
sie zoagn dir sogar no an Finga.

Na gib i Gas und fahr davo,
vo dene koana nacheko.
Am Rastplatz gibts a anders Gschpui,
i geh rundum und frag ganz vui
vo dene Leit. Sie soin moi wartn
und mir mei Zui zoagn auf da Kartn.

Mei des ist lusti, koana finds,
a jeda moant, des gibts ned, spinnts
ihr olle, da is, naa da drübm, naa dort,
und fahrn mitm Finga vo Ort zu Ort.
Fünf Manna stengan um mi rum,
sie hoitn gegnseitig sich für dumm.

Und i schrei: „Da schaugts her, do is!
Was machts denn ihr a so a Gschiss!"
Und hock mi wieda nei in Karrn
zur nächstn Gaudi glei zum Fahrn.
De Autobahn is mei Revia
und irgndwann begegn i dia.

Schnee, wiara uns gfreit

Schauts auße, Leit, mei is des schee,
vui gschneibt hots in da Nacht!
Und vor da Haustüa massig Schnee,
dass d' Schuiter und aa d'Schaufe kracht.

De Schaufe weg, ins Auto nei,
es is scho reichle spät!
Aus der Garaaschn auße glei,
doch's Außifahrn ned geht!

Vor da Garaasch kimm i ned weida,
ja do legst di glei hi,
da Nachbar redt und is vui gscheida
ois wiar a jeda und aa i.

Der sogt ma, wos i macha soit,
doch eigentli huift nix,
ois dass ma nomoi d'Schaufe holt
und weita wergelt, aba fix.

Dann aufgstraht no mit Katznsand,
damit de Radln greifn,
hob schnäi nix anders ned zur Hand,
doch trotzdem schleifan d'Reifn.

Na guat, gschafft is eitz bis zua Strass,
do liegt des nasse, weiße Zeig,
mia wird ganz schlecht und i werd blass,
zum Knia geht's, wann i einisteig.

De Kinda schaufeln, d' Muata kehrt,
mia schuft ma wia vosessn,
und nei in Karrn, da Motor röhrt,
ohmei, des konnst ja glei vogessn.

Do lass ma n steh, mia gengan hoam,
es hot ja eh koan Zweck,
de Arwat und aa d Schui san gstoabm,
i fahr heit nimma weg!

Da Schneepflug kimmt um hoiba zehne,
eitzt kannt mas nomoi backa.
Ja bin i bläd? I werd des dene
ganz oafach ned vozäin, i Racka.

Aa so aa Freid

Ohmeiohmei, des hot ja g'schneit!
Wos mach i da, ihr liabn Leit?
I hock mi in mei Auto nei
und fahr aus der Garasch. Ohwei!
Wei i mia des ned glei hob denkt,
ganz klar, dass des na nimmer lenkt
bei so vui weißa Himmesbracht.
Scheißkarrn, fahr ausse, waar doch g'lacht!

Na, na, de Radl drahn glei duach,
und i lass grantig los an Fluach.
Wann s mia scho wirkli moi pressiert,
dea Schnee mi grauslig irritiert.
I driedn eini voia Wuat,
na steh ma quer, und i schwitz Bluat,
wei do vo obm eitz oana kimmt,
dem mei Blockad de Vorfahrt nimmt.

Dea Gloiffe bremst, und rutscht und peng
- i glaub, der Bremsweg war eam zweng -
ham beide mia a Duin im Karrn
bloß zwengs dem Schnee, a so a Schmarrn.
Na steign ma oi zwoa aus, mia Deppm,
eitz miaß ma unsre Wogn obschleppm.
Do latscht oana voabei: „Scheen Gruaß,
beim Schnee, do gehts doch liaba z Fuaß!"

Ea grinst bis hindre zu de Ohrn
ois hätt er seim de Weisheit pacht,
na hautsn hi, er hockt valorn
im Schnee, mei hamma mia da glacht.

Pizzatreff

Ui, des deaf i ned vogessen,
mia treff ma uns zum Pizzaessn.
Beim Tonio, da sands sooo guad,
naa, wos ma ned füa eich ois duad.

Zum Toni samma einiganga,
mia ham aa glei an Ratsch ogfanga,
es dauert, bis d Bedienung kimmt
und unsre Wünsch entgegennimmt.

Se bringt an Wein, der is glei drunga,
a kloanes Liadl hamma gsunga,
na no a Glaasl und no oans,
bloß Futta bringt des Wei uns koans.

A Kerzn lang aufs Essn gwart,
wias kemma is, war d Pizza hart.
Wissts wos, schaugts ned wia Käiba,
de nächste Pizza mach i säiba.

A Buierl gschbart

Mei is des schee, wann s richtig wachet
im Woid , wo d Ast vui Schnee drogn,
wann s blost und wirbet, Frost di stachet,
de Schneeflockn dia leis wos sogn.

Auf deina Nosn bleims glei hocka,
auf deine Hoar und auf da Bruin,
de streichln dir des Gsicht ganz locka,
du fangst as ned, beim bestn Wuin.

Da Wind blost heftig, wuid und rau
und spuit mit dene weißn Stern;
de san schnei weg, du siehgsts ned gnau
und daadst as oschaugn doch so gern.

Dann gschpannst as, wos de kloana Burschn
dia Guads do ham beim Vorbeifliagn,
weil ois, wos du im Hirn duasd ruaschn,
is oafach weg, nimma zum Griagn.

Bist du schlecht drauf, na gibts nua oans,
geh in des Schneedreim naus in Woid,
na merkst as glei, bessa huift koans,
dei Grant am Schneesturm ned standhoit.

dahoam

Säitsame Technik

Bei mia im Bad, do steht im Eck
a Apparat, den konnst vogessn,
dea soit de Sockan oafach waschn,
doch wos duad ea? Si fressn.

Zehn Poa vom Mo und von den Kinda
san drin, vo fümf kimmt raus nua oana,
da zwoat is weg, in Luft aufglöst,
do konnst nix anders ois wia woana.

No wos bassiat, wenn s Bettzeig drin is,
na machts an Knedl draus,
dea is so riesig, dick und fett,
geht aus da Dia ned raus.

Es kimmt dazua a dritte Mackn,
dea Dratza is voliabt ins Klo,
beim Schleidan danzd a wuid durchs Bad,
damits as Klo schee bussln ko.

Soit oana sogn, de Technik is
a leblos Zeigl, ko ned denga,
dem werd i s Gegenteil beweisn
und eam mei Waschmaschina schenga.

Ihbäi

An Kella hod da Wastl gleert,
wia si des olle Johr moi ghert.
An Riesenhaufa bringt a zamm:
„Mei, wos für greisligs Glump mia ham!
Wos machma mit dem Zeigl, häi?
Verkaufa tua i s bei Ihbäi!"

Er richt glei ois im Kellagang
schee hi wia d Henna auf da Stang,
de Digikäm lasst er na werka.
„Des gibt vui Gäid, ihr werds scho merka!"
Hockt si ans Internet drei Stund.
„Mei Konto mach i damit gsund."

Am nächstn Dog muaß ea glei schaugn,
ob s Gruusch duad irgend wem do daugn.
„Ui, gäi, i hob mas doch scho denkt,
dass sie do oana einihängt.
A zwoata aa, und dann no achte,
de steigern nauf. „Haa, des wird maachte!"

Wia ea noch drei Dog einilurt,
do gfreit ea si: „Mei, de ham gschpurt!"
Eipacklt werds eitz. Zu dem Zweck,
geht ea in Kella. S Glump is weg!
Sei Oide hot an Schperrmüll bstäit.
So kos da geh auf dera Wäit.

Mei Samstagsnachmittagsspaß

I kriag an Briaf von aram Amt,
dass de vo mir was wissen woin.
Da sand so Zettln drinnad samt
Aufforderung, i soit was zoin.

Des Formular, des mog i ned,
des schmeiß i jetztad glei in Müll,
de gäibm Kastln san zu bled,
i siehg gar ned, was i ausfüll.

Da is aa no zum Unterschreim
a Antrag für d Versicherung,
do koost ma total gstoin glei bleim,
mein Servus kriagn de ned. Punktum.

Oans weida auf dem Riesenhaufa,
der neba mia zum Himme wachst,
a Rechnung. S is zum Hoarausraufa,
de wird ned zoit, wannst as ned backst.

So hock i da zwoa Stund und mea,
dua nix ois wia in d Kastln gritzln,
mei Kuli und mei Hirn san leer,
mei Mo, der duad um d Eckn spitzln.

„Du woitst doch schreim amoi de Blaadl,
de Formular und Anträg heit,
i woit da heifa, gei, liabs Madl.
Bist fertig? Mei duad mia des Leid!"

Wos gibt's an heit?

Am Wochenend, da schlaffans lang,
de Kinda und mei Mo,
wanns endli ausm Bett raus san,
na kimmt, des woas i scho:
"Wos gibts an heit? Mia kracht da Mogn!"

I sog na jedsmoi: „Heit gibts nix,
weil mia scho nix mehr eifoit."
Na hoaßts glei; „Teifi, sapprabix,
denk nach a weng, sinnier hoit!"
Wos gibts an heit? I kannts ned sogn.

Na guat, i zäi poa Sachan auf:
„A Schweinas, Kraut und Knedl,
oda an Muichreis, Zwetschgn drauf."
„Des macht ois dick!", schreits Mädl.
Wos gibts an heit? Tuats mi ned frogn!

Und weida red i unvadrossn:
"An Fiisch mit Pommes, Ketschapp,
da Opa hot an Hasn gschossn,
an Kaiserschmarrn, an Meipapp?"
Wos gibts an heit? Duad mi des blogn.

Mia foit no ei: "I koch eich Nudln,
an Hoawadatsch, a Körriwuarscht,
oda vielleicht zwoa Apfestrudln?
A Gulasch?" „Naa, da kriagt ma Duascht."
Wos gibts an heit? Wos kennts vodrogn?

Und weil dem oan des oa ned passt,
dem andern ned des ander,
wird endli der Entschluss gefasst,
heit kochan meine Mannder.
„Wos gibts an heit?", dua i jetzt frogn.

Zum Kocha brauchan de koan Herd,
koan Degl und koa Messa,
mei Überlegung is nix wert,
de Mannda kennans bessa!
Heit gibts a Pizza zum Hoamtrogn!

De Mama fahrt mim neia Auto

Seit drei, vier Dog, da steht a draußn,
der neie Karrn im Suibaglanz.
Kartoffen braucht d Mam heit zum Kocha,
des hoaßt, se fahrt mim Wagn vom Franz.

„Wos mechst?", fragt er, „Mim Auto furt?
Des geht ned oafach so!
Da muaß i mit, dir oisse zoagn,
in Kofferraum wos einido."

„Wos du grod host, so bleib doch hocka,
ois wenn i s Autofahrn ned kannt."
„Naa, naa, do muaß i scho dabei sei,
woaßt ned amoi, wo d Schlüssln sand.

Zum Aufsperrn muaßt *do* aufidrucka,
an Sitz richst an *dem* Hebe,
am Spiagl derfst ned zu vui rucka,
der Knopf schoits Liacht fürn Nebe,
beim Olassn koa Gas und erst
an Schlüssl drahn, wanns Liacht ned brennt,
de Kupplung is glei do, pass auf,
lass aufm Hebe ja ned d Hend,
da Spoila geht am Randstoa auf,
do muasst ganz in da Mittn drüba,
naa, no ned schoitn, jagn aufi,
üba dreitausend derfst scho nüba.

Vo rechts kimmt koana, dua hoit fahrn,
da Ampepfeil is grea.
Do laaft glei oana üba d Strass,
hup eam doch hintahea!"

Na sans dann endli bei dem Ladn,
de Mama geht glei eine,
da Papa schimpft im Auto draußt:
„Wo bleibts denn? S is glei neine!"

Doch d Mama kimmt ned zu eam zruck,
de is scho z Fuaß hoamglaffa,
und für des nächst Moi Autofahrn,
wird si ihr eigns Auto kaffa.

Wos i amoi mecht

I waar so gern amoi alloa!
Mei, was i nachad ois kannt doa,
wobei mi sunst de andan störn,
Viecha und Kinda, de mia ghörn.

Im Sessl flacka, a Biache lesn,
naa, des is ja eigentli aa ned gwesen,
i daad mi auf d Terrassn hocka,
obwoi, da ko i sunst aa gnocka.

Naa, wenn s mi scho amoi vaschona,
na muaß sie des a richtig lohna!
Jetz kannt i wirkli des ois macha,
worüber de sonst imma lacha.

I kannt am Dachbodn drobm was schaugn,
i kannt im Kella d Wäsch ausglaubm,
de oidn Buidl ins Album eibicka,
im Gartn de obliahtn Bleame ozwicka.

I drah mi um ois waar i bled,
doch was i mecht, des woaß i ned.
Bis d schaugst, trudelns alle wieda ei,
aloa bist gwen, mehr soits ned sei.

Des Lebm geht weida, wia ma s kennt,
und bin i tagelang dann grennt,
na kimmt da Wunsch scho wieda hoch
und i bitt eich: Erfüllts ma n doch!

I waar so gern amoi aloa,
mei, was i nachad ois kannt doa!

Aufsteh

Aufsteh, host glernt, soisd du oiwei,
wann oide Weiba kemman rei,
in Bus, an Zug, de Tram, ohwei,
des ko a ganz scheens Wergl sei.

Aufsteh duad oiwei aa mei Hund,
na draht a si ganz ohne Grund,
boust hi mit seine achtzig Pfund,
der doigert Dodl. Is des gsund?

Aufsteh muasst oiwei bei da Mess,
dann hiknian, gnocka, so a Stress,
na wiederhoit si dea Prozess.
Bist evangelisch, sparst da des.

Aufsteh soid er, hod s zu eam gsogt,
na hot as glei am Busn backt,
dass si si zu eam einaflackt,
und na sans wieda moi vosackt.

Aufsteh muasst aa, wias hoit so is,
vom Opernsessl mit vui Gschmiß,
sonst griagst an Hintern in dei Gfries,
weis z eng zum Durcheschlupfa is.

Aufsteh is ned oiwei ganz leicht,
da Schweinehund si umaschleicht,
und stehst ned auf, wanns Bia dia reicht,
na wird da schnei dei Hosn feicht.

Aufsteh, des is manchmoi recht schwaar,
wann die Kurasch is irgndwie laar,
de wo aufstengan san recht rar.
Ois wann s Aufsteh so oafach waar.

Partnerpäidsch

Oaschichtig mog i nimma sei,
drum hob i mi im Internet
bei so a Partnapäidsch ogmäid,
i sog eich wos, des is a Gfrett.

Do gibts so vui vo dene Manna,
de schreibm und tschättn di glei o,
de meistn schmatzn nua vom Sex,
do werst im Lebm nimma froh.

Und wannst di nachad triffst mit oam,
dea gschriem hot, er liebt die Kultua,
vozeit da dea vom Fuaßboischaugn
und Autorenna oiwei nua.

Da nechste hot an Hund dabei,
dea koana Weiba leidn mog,
a andana mecht glei in Woid,
den loszwern, is a rechte Plog.

Host Glück, na findst genau den Mo,
dea dia aa gfoit, den wo s du mogst,
doch eam gfoist du ned, sogt glei Pfiat di,
bevor dass d nua a Wörtal sogst.

Na hockst di wieda vorn Compjuta
und klickst und tschättst und haust di nei.
So konnst as jahrelang no dreibm
und bleibst doch a oaschichtigs Wei.

Oafach narrisch

I mecht mit dia in da Achtabahn hocka,
auf des Dach vo da Frauenkirch
auffignocka,
mecht di riacha, bevorst di waschst in da
Fruah,
griag vom Schaugn in deine Augn ned
gnua,
mecht alloa mit dia auf ara Woikn flacka
und deine Sockn unta mei Kopfkissn packa.
Mecht wissen, warum nix ois wia du mia
eifoit,
i glaub, i hob mi vaknoit.

Du mechst mit mia im Wörlpuul drin sitzn,
wennst an mi denkst, na kummst ins
Schwitzn,
mechst deine Fiaß unta mein Hintern stecka,
mia de Erdbeern ausm Mund rausschlecka,
host mit meim Buidl deine Wänd tapeziert
und erfindst extra füa mi a neis Liad.
Mecht wissen, warum dia außa mia nix
eifoit,
i glaub, aa du bist vaknoit.

so samma

Megn

Du-u, sog amoi,
mogst du mi ?

Ja, scho.

Du-u, sog amoi ganz earlich,
mogst du mi wirkli?

Ja-a, scho-o.

Du-u, sog amoi,
mogst du des,
wann i dia a Bussl gib ?

Jaaa, schoo!

Du-u, sog amoi,
mogst du des aa,
wann dia da Kare
a Bussl gibt?

Iijaa, scho.

Du-u, sog amoi,
mogst du mi aa ?

Naa, eitz nimma.

Schaugn

Ja wo bleibst denn? Schau dass d
weidagehst!
Jaaa, glei, lass mi hoit a weng schaugn.
Nix da, mia hamma koa Zeid.
Daß du oiwei aso hetzn muaßt. I daad mi
gern do aufs Bankerl hocka und a weng
schaugn.
Schaugn konnst späta. De Seilbahn geht glei.

Eitz samma herin, schau obi do, do warn ma
vorhin.
I ko ned ans Fensta, i siehg nix.
Na schaugst, wenn ma drobm san.

Geh weida, do vorn is de Hüttn.
I mecht ma de Aussicht oschaugn.
Des konnst aa ausm Hüttnfensta, wenn ma
unsan Kaffä ham.

Ahh, duad des guat, so a hoaßa Kaffä.
Ja, scho, aba i woit doch de Aussicht
oschaugn.
Na schaug hoit ausse.
I siehg nix, mia sitzn z weit weg vom Fensta.
Dass du imma so grantln muasst, is doch
schee do herin.
Aba i ko de Berg ned oschaugn.
Na schaugst da hoit de Leid o.

Mei war des heit a scheena Ausflug.
I woaß ned, i woit doch was segn.
Na hättst hoit schaugn miassn.

Dua, wos d wuist

du konnst
wanns d as wuist
und soitatst aa
wannst as wuist
und eigentli miassatst aa
wannst as wirkli wuist

aba wia soi i wissen
wos i wui?

Woaßt as?

Woaßt, wos i ma denkt hob?

Naa, wia soi i wissn, wos da du denkt host,
bervor dass d mas sogst?

Sigst, des hob i ma denkt.

I huif da glei

"Habedieehre, griaß di Lies,
wia laafts an nachad so?"
„Mei Kare, do schiabt si heit nix,
oh mei, schaug da des o!"

"Ja sackradi, do legst di nieda,
geh do varreck, ja spinn i denn!"
„Des ko scho sei! Jetz wart amoi!"
„Wannst moanst, du bläde Henn!"

"A so a Schmarrn, geh weida do,
jetz hob di ned aso!"
"Ha? Wos moanst? So a Glump vorreckts!"
„Glang her und huif ma scho!"

„Na schaugn ma moi, ja gibts des aa!
Do wennst ma ned glei gangst."
„Mei Kare, stei di ned so o,
weilst sonst fei oane fangst."

„Wos soi dea Krampf, maul mi ned o,
des sog i da, du Kuah!"
„Ja, mogst a Fotzn, schleich di, Depp,
und lass ma bloß mei Ruah."

„Eitz wannst ned aufhörst, grantigs Wei,
na machst dein Schmarrn alloa!"
„Hob di ned so, glang her, Hanswurscht,
den Gfoin kannst ma doch doa."

„Na geh hoit weg und lass mi hi,
da brauchst a Schmoiz, gnä Frau!"
„Ohmei, wos host eitz wieda gmacht,
eitz is davo, de Sau!"

Doppete Freid

Griaß di.
Servus. Schee, dass d oruafst.
Warum nacha des?
Ja mei, mi gfreits hoit.
Na hättst aba du aa oruafa kenna.
Scho, aba grod des is ja. Des gfreit mi, dass
du *mi* oruafst.
Woaßt wos?
Naa, wos an?
I mach da de Freid eitz glei nomoi. Leg auf.

47

Idylle

Hä du, griaß de.
Habedehre. Wos machstn du do ?
Bist scho lang do?
Naa.
Beißns?
Ned recht.
Host scho oan?
Naa.
Du, schau, i hob a neie Gart.
Ja eam schaug o. Zoag her. A saubane Sach.

No, tuat si wos?
Naa.
Bei mia aa ned.
Nacha hoits Mei, sunst geht da nia wos.

Eitz hängt oana dro.
Duan aua.
Dea reißt ganz schee.
Wart, i heif da.
Zefix is dea zach.
Aso a gstroachta Teifi.
Eitz haman glei.
Segst, da isa.
Wo an?
Ja do! Zappet ja no.

Oh mei, dea! Host a Floignduschn,
na daschlogn man.

Da Kriag

Dei Lebm lang füast an Kriag
mit dia seiba
bevorst wos duasd
wannsd wos duasd
und danoch

übalegst
wos eppa kaam
wos waar
wos dea oda de do sogadn
wannsd as machst
wiasd mechst

und wannsd na endli duasd,
wosd wuist
meakst
dassd gega di seiba kämpft host
und de andan
des oisse wuascht is

und du host di ganz umarasunst
obedo.

Da blaue Proseccoflaschn-Blues

i woaß ned, wo is hidua
i woaß ned, wo i s hidua,
de blaue flaschn, wohi dua i s nua?

mei war des friaras oafach
mei war des friaras oafach
do hob i s packt und gschmissn übas dach

na hams de tonn erfundn
na hams de tonn erfundn
de umweit soi um jedn preis gesundn

und heitztog gibts wos neis
und heitztog gibts wos neis
amtlich voordnet dass i s in contäiner
schmeiß

des is a gfrett fei
des is a gfrett fei
in wäichn vo de drei wirf i s eitz nei?

füa greane gibts oan
füa weiße gibts oan
für braune, doch füa blaue koan

und da müllzerberus
und da müllzerberus
sogt, in de tonn ghört de. a so a stuss!

Viecha

Mei Hund, der Depp

I sog eich wos, a so a Hund,
der is a Gfrett im Haus,
grad wenns am meisten obaregnt,
muaß er zum Biesln naus.

Und ned dass d moanst der dat alloa
im Gartn am Baam histeh,
naa, biesln duat a nur mit mia,
vor d Hausdüa muaß i geh.

Na sprint a glei ins hohe Gras
zum Lieblingsbieslbaam,
rennt dreimoi rum, i hintahea,
kimm gar nimma zum Schaugn.

Weils regnt und wachlt, dropft und spritzt
und i scho batscherlnoss bi,
schrei i: „Du Depp, eitzt mach dei Gschäft!"
Doch er ziagt mi zum Woid hi.

„Naa, ned!", blärr i, "mia gengan hoam!
I hob de Faxn sauba satt!"
Und er ziagt hi und i ziag her,
moanst, wer da gwonna hat?

Wia mia na endli warn vorm Haus
wia Wäsch, eigwoakt beim Waschn,
da hob i leida zuagebm miassn,
i hob koan Schlüssl in da Daschn.

De Dia war zua, dahoam war koana,
und i hab gwart a Stund,
bis eppa kema is zum Aufspean,
bloß weil a biesln muaß, da Hund.

Da Hexenhund

De Weit is bunt, de Weit is schee,
drum dua i mitm Hund nausgeh.
Dea Deifi zarrt am Bandl wuid,
wei sunst aa koana mit eam schpuit.

Dea ziagt moi hi und reißt moi her,
ois ob i ned sei Fraule wär,
de wos eam, wo er higeh soit,
oschafft, wos i ja eigntli woit.

Jedoch der Sackra hot vui Kraft,
und i hobs übahaupt ned gschafft,
er rennt um mi, ziagt hinterrücks,
„Ja du Hanswurscht, sapparabix."

I bi ned gfasst, wos eitz glei kimmt,
füa wos der so an Anlauf nimmt,
und weil i mi aa grod no schneiz,
voreißts ma sauba greisli s Kreiz.

„Auweia!" I dua laut an Schroa,
des Hundsviech bleibt glatt steh sogoar.
I ko ned weida, d Luft is raus,
mit dem Spaziergang is ganz aus.

Den Dödldeppn scheiß i zamm.
Guad, dass ma aa a Handy ham.
Wer andra muaß des Viech hoambringa,
i hör nämli de Engal singa.

„Mim Hund", hob i na lauthois blärrt,
„geh i ned nomoi, der is gstört.
Da muaß i mi aso vobiagn,
dass i an Hexenschuss dua kriagn."

Drum hob i mia a Leine kaaft,
an der mei Hamsta jetzad laaft.
I sitz am Bangal, hi und hea
wuslt des viech, koa Hex schiaßt mea.

In alla Fruah

Mei, hob i heit a Wergl ghabt
glei no vorm Aufsteh in da Fruah,
mei Hund hat draußn wos aufgschnappt
und i woit gern mei Ruah.

Doch naa, der Gloiffe kimmt ans Bett
und zoagt ma, wo s eam juckt.
„Du spinnst, des is fei gar ned nett",
bin i gaach zammazuckt.

I hob eam sauba ogfaucht glei:
„Geh du bloß weg vo meina Deckn,
I wui des ned, de Schweinerei,
den bhoitst da säim, den Zeckn!"

a so ned

Des Zeidunglesn

Glei in da Fruah hock i am Disch,
schenk ma an Kaffä ei,
reib ma de Augn, bin no ned frisch,
und schaug in d Zeidung nei.

Im Kongo is a Hund dasoffa,
umgworfa hots den Eiffetuam,
a Blitzschlag hot de Kircha troffa,
und in da Wirtschaft is da Wuam.

Da Schröda heirat d Angeela,
an neia Stoiba miass ma hobm,
de Russn warn moi wieda schnella
beim Loch-bis-nach-Australien-Grabm.

Da hock i Depp und les den Krampf,
bis mia mei Bus davo roast.
I bin a richtiga Hansdampf:
Wos bringts, wennst du des oisse woaßt?

Ja, wenn i s ned woaß, leb i aa,
ganz ohne Stress und Hast,
bin drobn im Kopf füa anders da,
der Schmarrn mi ned belast.

I nimm de Sacha jetz in d Hand,
schneid d Zeidung kloa in Fetzn,
na häng i s an de Plumpsklowand,
den Schnobe soin se andre wetzn.

Gwerglt muass sei

Du rennst aufn Dachbodn und in Kella,
na werglst da und machelst dort,
soo vui zum Doa, du wuselst schnella,
jede Minut am andan Ort.

Und des no, des und wos an no?
Koa Stund ned gibst a Ruah,
du arwatst wos dei Körper ko,
an ganzn Tog vo in da Frua.

Gwerglt muass sei, so wars oiwei,
hams gsogt, dei Mam und d Oma,
und foist auf d Nacht ins Bett na nei,
liegst auf an Schlog im Koma.

Am nächstn Dog dessäibe Gschpui,
aso vobringst dei Lebm,
es gibt ja no zum Doa so vui,
wos soits denn anders gebm?

Du rennst und werglst, denk moi dro,
muass denn des wirkli sei?
Du laafst ja vor dir seim davo,
doch irgndwann hoist di ei.

Wannsd nachad zammaklappt do flackst,
host plötzli für die seiba Zeit,
drum lus, bevors d as nimma packts,
gib moi a Ruah zua rechtn Zeit.

Wos mechst?

Mit da Katz spuin?
De is flohmittl-bebuivad.

In Sandkastn?
Dea is tschernobyl-voseichd.

Auf d Wiesn?
De is unkrautvonichta-gschbritzd.

Ans Bachal?
Des is odl-vosifft.

In Woid?
Dea is hubschrauber-gschbriad.

An d Donau ?
De is kläranlagnstörfoi-vodreggd.

An Weiha?
Dea ist voglgripp-gschbead.

Nix deaf i!

Hock di vorn Fernseha
und schaug da

a Naturdoku

o.

Ned gnua kriagn

Hoits eich staad, Henna!
(Damit noo oane Blotz hod)

Friß nur, Elsi!
(Damitst narrisch werst)

Mach dein Schnobe auf, bläde Gans!
(Damit ma di nachad daschlogn kennan)

Eini mit eich, es Rindsviecha!
(Damits eich d Haxn brecha kennts)

Do hobts wos gega d Raupn, Baama!
(Damit mia des eischnaufa kennan)

Wos is an?
Steht doch in da Bibe:
Machts eich die Erde untertan.

Epps zum Schmunzln

Da DKW

Am Arbinger sei DKW
war geib lackiert und greisli schee.
Desseim ham d Leid aa gsogt vom Kerl,
dem langhoradn Hippigschwerl.

So achtzehn Jahr war i da oid,
wo da aa scho a Mannsbuid gfoid,
mit lange Zoodln, Weihnachtsbart,
doch Leid, i sog's eich, des war hart.

Dea Gloiffe hod mi ned ogschaugt,
wei eam sei DKW bloß daugt.
Poliert und bastlt, gschraubt und butzt,
ois ob des bei dem Karrn wos nutzt.

Mia san na oiwei umagschdandlt,
ham zuagschaugt, wiara den voschandlt,
mit Schegewarra-Kopf bebinslt,
ned oamoi hod dea rübaglinslt.

So hod dea Mo sei Schaas vado,
an d Schäsn lasst a koane dro,
flackt heit alloa am Kannapee
grod zwengs dem geibn DKW.

Da Nicki und sei Oma

(Was d Oma ois redt,
  wann's mim Nicki ins Kaffeehaus geht)

Nicki, dua aufs Banki sitzn,
sonst muaß d Oma zwengs dir schwitzn.
Dua a braver Bua da sei,
d Oma kriagt an Kaffä glei.

Nicki, naa, gib hoit a Ruah,
oba vom Polster mit de Schuah!
Mei was machst denn für an Schmarrn,
wann mia scho moi am Ausflug fahrn.

Ned da obi, Bua, gib Acht,
glei foist nunta! Wos host gmacht?
Geh, i hob dirs eh scho gsagt.
Mei, wia der Bua de Oma plagt.

Lass des steh, des derfst ned nehma,
glei, do werd des Freilein kemma,
und de schimpft uns, eitz geh hoit zua,
bleib schee da, du dumma Bua.

Da schaug amoi, jetz host mim Finga
in d Sahne einiglangt, du Schlimma!
Wischs Handi sauber vo dem Dreg.
Naa! Ned! Jetz hot mei Rock an Fleg.

Wos muaß de Oma wieda macha?
Dududu, s is ned zum Lacha!
Wannst du ois duast obihaun,
muaß i auf zum Zammaglaubm.

Opa, sog hoit aa moi wos!
Wos is denn mit dem Kind heit los?
Mia woitn doch an Kaffä dringa.
I glaub, der Bua fangt o zum Stinga!

Mia lass ma eitz den Kaffä steh
und zoin und nacha werma geh.
Wann si der Bua ned staadhebm ko,
na gibts koan Kaffä, guada Mo.

Geh her do, Nicki, so a Gfrett,
dahoam, da kimmst na glei ins Bett.
Und i dring dann a Hoibe Bier,
ins Cafe, nimmamea mit dir.

Des Fliagnbia

Wos is eitz des, oh mei, do schwimmt
a Fliagn in meiner Maß.
Soi i de eppa schwimma lassn?
Macht des da Fliagn woi Spaß?

Wann de do in dem Bia krepiert,
na lasst's vielleicht epps laffa,
Dua i s ausse, muaß i Fliagnsoach dringa,
oda doch a neie kaffa?

„Hob di ned so", sogt mei Freind Hias,
„a Fliagn soacht ned, s is gwiß,
duas auße, und wannsd weidadringst,
saufst hoit an Fliagnschiß."

Faastfuud in Bavaria

Um sechs hockst in da Eisenbo,
um sieme fangt de Arwat o,
um neine gibts a Brotzeit dann,
eitz muß glei wos zum Essn ran.
Wos macht dia do am meistn Spaß?
A Semme mit am Leberkaas.

Am Mittag hungert di scho wieda,
dia kracht da Mogn, do legst di nieda,
koa Zeit zum Kocha, schnäi soits geh,
am bestn isst glei epps im Steh.
Wos macht dia do am meistn Spaß?
A Semme mit am Leberkaas.

Muaßt wos besorgn, fahrst nei in d Stodt,
wei s do de meistn Gschäfta hod.
Noch oa, zwoa Stund, do glangsts schee
staad,
du suachst, wo s wos zum Essn gaab.
Wos macht dia do am meistn Spaß?
A Semme mit am Leberkaas.

De Preißn mampfn Körriwurscht,
da türkisch Döner macht bloß Durscht,
an Börger würgst da du ned nei,
Pizza und Pommes muaß ned sei.
Wos macht am Bayern z essn Spaß?
A Semme mit am Leberkaas.

In d Oper miaßts fahrn

Gestern war i in da Oper,
an Figaro hams gebm,
mei ihr Leit, des miaßts moi macha,
in d Oper fahrn, des is a Lebm.

Scho beim Eisteign in den Bus
hob i mi glei sauba gfreit,
vom Rathaus warn de Putzfraun alle
drinnad und no andre Leit.

Auf da Autobahn nach Minga
hat oana uns des ois erklärt:
Da Figaro mecht d Susi heiratn,
da Graf mechts aa; mei is der gscheert.

De Musi hat a Österreicher,
da Wolfi Mozart, si ausdenkt.
Und wia ma drin warn in da Oper,
da hab i mia as Gnack vorenkt.

De Susi, de war guad beinand,
a Wampn hat da Figaro,
de Gräfin laaft im Hemad rum,
den Pagen spuit a Frau, koa Mo.

Aba gsunga hams wia d Zeisal,
des Bühnenbuidl war ganz lea
und unten in so oana Gruabm drin
hams geigt und blosn und no mea.

In d Oper geh, des is fei praktisch,
drei Sachan kriagst auf oamoi glei,
a Gsangl und a scheene Musi,
Theata spuin dan s aa dabei.

No liaba wars ma gwen, des sog i,
wenn i aa was vostandn hätt,
denn was de gsunga ham da drunt,
war ITALIENISCH, so a Gfrett.

Eigentli woit i ned

De Wirtin geht rum und ladt uns ei,
auf d Nacht in de Lobby, do wird epps sei,
do kimmt nämli oana und bringt wos zu
Ghör
üba Geister und Brand und Schnaps und
Likör.

I denk ma, des ko ja gar nia ned schadn,
schaugst dan moi o, den Schnapserl-Ladn,
is vielleicht intressant aso zum Hörn,
wia de Sachan fürs Stamperl hergschtäit
wern.

Der hot seine Flascherl recht sche dekoriert
und beim Vortrag uns glei a Glaserl serviert.
Weils schad is ums Zeigl und aa um de
Zeit,
na trink i s und dua, ois ob mi des gfreit.

Er vozäit uns vom Obst, vom Osetzn und
Brenna,
kannt hundert voschiedene Sortn uns
nenna.
As richtige Glasl is aa no a Thema,
worauf mia glei den nächstn zu uns nehma.

Uns gibt a an Klarn, er seiba drinkt Wassa,
ja is der Schnapsbrenna gar a
Schnapserlhassa?

Er gluckert in d Glasl oan ce-el jedsmoi nei,
und mi gfreit des Gluckern, aiso bin i so frei.

As Schnapsal trinkst warm, bloß ja ned zu
koid,
weil wennst as eigfreast, es sein Gschmack
ned behoit.
Des Bukett is ganz wichti, des derfts eam fei
glaubm,
drauf dring ma no oan aus weiße
Weintraubm.

Und jetz kimmt da guade Mirabäinbrand,
pass aaf, dass d n ned schüttst über dei
Gwand,
weil na bickst und daadst aa glei greisli
stinga,
und a jeda daads riacha, des Probedringa.

Dea Mo drübm im Eck macht ganz voklärt
seine Glupscher zua, moant, es waar ned
vokehrt,
wann ara weng epps vom Blutwurz kannt
schlucka,
sei Mogn daadn vom Abmdessn her no
drucka.

Nachad kost ma vo dem, der wo Bärwurz
hoaßt,
auf dass d endli, was a guada Schnaps is,
woaßt.

Mi beidlts und de Dame glei neba mia
dringts Glaasl aa no laar vo dem Mo neba ia.

Glei drauf probiern ma no an
Schlehenbrand,
weil erscht mit dem hamma an richtign
Stand.
Bloß, vo dem Brand, do kriagst erscht an
Brand
und nimmst glei no a Glaserl zur Hand.

Da oane is siaß, da andere hantig,
da Brand geht ned weg und i werd scho
grantig,
es heift ned, und deshoib is ma eitz oisse
wurscht,
pfiat di God, Schnapserlbrenna, i dring a
Weißbier fürn Durscht.

De Nänzi

(aso is fei gwen, hot mia da Max vozäit)

De Nänzi is a Lehrerin,
de unterricht Latein,
und in da Schui de Lausbuam drin,
de hoazn ihr recht ein.

Na wird de Nänzi narrisch fei,
wann d Buama ned pariern,
se schreit: „I dusch da oane glei,
dua mei Geduid voliern.

Du kriagst a Watschn, dass ois kracht,
dass d obifliagst vom Stui!"
De Buama glaubms ned, dass se s macht,
und randaliern recht vui.

Na wirds da Nänzi doch zu bunt
und se hoit aus ganz weit.
Da Maxl duckt si glei, dea Hund,
de Watschn trifft an Franzl gscheid.

Den arma Kerl hauts untan Disch,
er woaß ned wia s eam gschiecht,
noch Luft schnappt d Näncy wiara Fisch,
da Max hots Grinsen in seim Gsicht.

Konferenz

Heit miassn s si versammen,
de ganz de gscheidn Hammeln.
A jeda gnockt si auf sein Schtui
und denkt si: So a blädes Gschpiu.
Da Chef stäit si vor olle hi
und sogt: Mei schee, ja des gfreit mi,
dass olle do heit kemma saats.
I denk ma, hör auf mit dem Gschmatz,
er is ja ogschafft, dea Termin,
feiwillig i gwiss ned da bin.

Und wiara red, mea schlecht ois guad,
schaug i moi, wos mei Nachbar duad.
Der steckt in d Nosn nei sein Finga,
da nächste hoit si wos zum Dringa,
ja und da dritte in da Reih,
dea schaut da Chris in Ausschnitt nei.
Und oana grobt zwischn de Zähan,
mi druckt a Furz ois wiara Wähan.
Da Franz moid Mandl aufs Papia,
da Luk rülpst laut ois wiara Stia.

Da Kare fangt zum Schnarcha o,
d Frein Mare muass amoi aufs Klo.
Nua dea ganz voan schmatzt oiwei weida,
wei er is sowieso da Gscheida,
und sogt zum Schluss: „I dank eich aa,
bei so an guadn Angaschma,
wenn olle wia grod konzentriert,
na geht de Konferenz wia gschmiert.
Do hob i a ganz a ruhigs Gfui."
An Kare hauts auf des vom Stui.

Aa so aa Theata

Nach so am Abnd verlangst nix mehr,
gehst du naiv ins Open Air.

Du gfreist di auf a scheens Theata,
nimmst d Muata mit und aa an Vata,
an Haufa Kissn und poa Deckn,
de Kältn ko eich ned daschreckn.

Na gnockst di auf de Hoizbeng glei,
und neba dia, da sitzt a Wei,
a so a fesche, da sagst nix,
du druckst di zure, sapprabix.

De Burg is voia Liachta heit.
„Na, fangts hoit oo, es waar scho Zeit!"

De Overtüre wird eitz gschpuit,
glei drauf, da rumped oana wuid
vo rechts auf d Bühne, blearrt und schreit,
der duad uns olle scho recht leid.

Und grad wia d Musi is am Blosn,
da triffts di patscherlnass auf d Nosn.
Ned di aloa, de andern aa,
des Publikum und d Schauspiela.

Dea vor dia dringt an Bärwuaz schnäi,
na wirds eam warm, dem Klappagstäi.

De erstn Regnschiam machans auf,
ziagn d Jackn o, Kapuzn nauf.
Es britschelt mittlerweil recht heftig,
des Gschpräch im Stück is ganz schee deftig.

Der Hiasl hat scho d Loata ghoit,
weil er zum Annerl aufi woit,
am Himme duats an Riesenkracha,
der Hias hot gar nix mehr zum Lacha.

De Annerl schütt eam s Haferl aufe,
des nennt ma bei uns „Loataldaufe".

Du hockst da untam Schiam eizwengt,
de Scheene druckt si an dei Hemd,
vom Schiam vor dia tropfts auf dein Haxn,
da Hias macht auf da Bühne Faxn.

Ganz eisern spuin de eana Stückl,
du suachst dawei für d Paus an Zwickl.
Es duscht, jetz blost aa no da Wind
und auf da Bühne kriagns a Kind.

Es blitzt und kracht, es spuit de Musi,
da Hias hots endli kriagt, sei Gschpusi.

Eich friat ganz sakrisch, d Muata ziddad,
de hörn ned auf, obwois so gwiddad.
Eitz kimmt de Pause, d Leit bleim hocka,
woin nachad ned im Wassa gnocka.

Und scho gehts weida, Gottseidank,
eitz dauerts sicha nimma lang.
Se danzn no an Woiza voa,
weil d Hochzeit is und na is goa.

Nach so am Abnd verlangst nix mea,
nix is so schee wia s Open Air.

Da Sepp und sei Gfrett

Im Kurcafe um hoiba vier
hockt unsa Sepp hinterm Klavier.
Er haut in d Tastn narrisch guat
und bringt in Wallung s Weibabluat.
Doch aa sei eigns ko er ned zügln,
sei Musi duat eam arg beflügln,
sodass er in da Pause glei
sie schaugt um ganz a rassigs Wei.
„Du Schatziputzi, do geh her,
i zoag da glei mei Mannagwehr."
„Wat meenstn du, ick hab keen Schimma,
jeh wech, ick nehm dia nich auf't Zimma."
Da Sepp schaugt bled und haut in d Tastn,
na muaß a heit erotisch fastn.

Um achte hockt da Sepp scho wieda
beim Spuin, diesmoi im Hotel „Flieder."
Do san de Weiba fesch und gsteilt,
so dassn sauba glei aufgeilt.
De kloane mit de rodn Hoar,
de gfallat eam fei ganz und goa.
So schleicht a se stracks nachm End
zu ihr ganz nah, backts bei da Hend:
„Geh weida, Deandl, zier di ned,
der Sepp zoagt dia, wia s Schnacksln geht."
„Ja wasch isch desch, wasch willschtnn du?
Vaschteh disch ned, lasch misch in Ruh!"
Da Sepp schaugt bled und haut in d Tastn,
und muaß nomoi erotisch fastn.

Am näxtn Dog wird d Hosn eng,
da klimpat ea Sattii, Schopeng,
de Madln himmeln eam glei o,
und wiara aa no singt, da Mo,
da werns recht wepsad, füan se auf
und hupfan auf de Bühne nauf.
Da Sepp backt zwoa mit seine Arm,
na lasst a spuin sein ganzn Scharm:
„Ihr saats zwoa Siaße, noch da Feia
kemmts mit, na gibts an flottn Dreia."
„Wennde nich orndnlich reedn duusd
gannsch disch nich vorschdehn." *hust hust*
Da Sepp schaugt bled und haut in d Tastn,
und muaß nomoi erotisch fastn.

Und weil in eam d Hormone brodln,
de Weiba nix vosteng, de Dodln,
muaß er ins Fitness-Studio geh,
Testosterone sogts „Ade!"

The crown

A silly rabbit in front of my car …
"Wo kimmstn du her, du ghost of a jar?"
Squeaking brakes, "Du blödes Vieh!
Jetzt wirst glei dro glaubm, I kill di, you'll
see!"

Des Auto steht, des rabbit hockt
in the middle of no-where, total gschockt,
I get out of my car, sog: "Na, du Depp?"
Des Karnickel jumps forward step by step.

It comes up to me and gibt ma an Schmatz:
"My Dank, dass du mi ned killed host, my
Schatz!"
Up, up and away, it vanishes in the Mais,
und I sog zu mir: "Can't be true, so a
Scheiß."

Es ist aba wahr, dass in front of my car
a silly rabbit i fast murdered hob ums Haar.
Was i eich finally no extra sogn muaß
üba den kiss of the rabbit auf meim Fuaß:

"I've been floating on Woikn sieme since
then
und i busselt gwiss zruck, if it happens
again!"

Weihnachtn werds

Glei is soweit

Stille Nacht, heilige Nacht,
jetz wern na glei de Packerl aufgmacht.

De Mama wergelt in da Kuchl beim Bacha,
de muaß füa heit Abmd no Blatzal macha.
Da Papa kriacht untam Baam umanand,
ob der alle gfoit, da is a schon gschpannt.

Mitm Hintern reißt er ois übern Haufa,
und nemdro tuat lauthois da Radio laufa.

De Oma is mitm Gschenk no ned gschickt,
sie hockt in ihrm Zimma und häkelt und
strickt.
Tante Luis macht Knedl, a Schweinas dazua,
und in da Stubn drin, da plearrt da Bua:

„Stille Nacht, heilige Nacht,
jetz wern na glei de Packerl aufgmacht."

An da Haustüa draußn, da leit oana Stuarm,
es is de Nachbarin mit ihram Buam.
„Deaf da Kloa a wenig dableim?", fragt si
oo,
damits ihran Christbaam in Ruah aufstein
ko.

Da Opa is ins Elektrogschäft grennt,
wei vo da Beleichtung a Binadl ned brennt.

Aus da Kuchl schmeckts vo de Blatzal scho
branntig,
da Hund frisst de Knedl, de Tante werd
grantig,
de Katz hängt am Baam drom, greid an
Papa in d'Hand
und de Kinda im Flur draußt schrein alle
mitnand:

„Stille Nacht , heilige Nacht,
Wann wean jetz endlich de Packerl
aufgmacht?"

Des Blatzerlbacha

Im Advent, da gibts vui Sacha,
de wo ma unbedingt muaß macha,
damit des Christkind kema ko,
und oans, des macht de Hausfrau froh:

Des oane is des Blatzerlbacha,
da lassens alle Hausfraun kracha.
Se rian und knetn glei um d Wett,
wer da de meistn Sortn hätt.

I hob scho fünfe und i acht,
und i hob zehne! Guade Nacht!
Wem seine Platzerl san de greßtn?
Wem seine schmeckan na am bestn?

Da gibts de mit da Mamalad,
mit Pudazucka und Schoklad,
mit Kokosflockn, Mandln, Nuss,
mit Zimtgeschmack und Zuckaguss.

Da gibts oa, de ausschaugn wia Stangal,
de Sterndl machan aa a Glangal,
ausgstochane und kugelrunde,
aa Spritzgebäck und biogsunde.

In hoaßn Ofa miassns nei
und aufgmerkt, denn de brantln glei!
Damits ned hart wern, stecks in d Dosn,
de mit de rosarotn Rosn.

A Gaudi is, wenn d Kinda mantschn,
und batzln und brobiern und bantschn.
Des meiste Mäi ham si im Gfries,
de Küch schaugt aus, dass grad schee is.

Ohmeiohmei, eitzt riachts scho brantig!
De Hausfrau rennt, sie schaugt ganz hantig.
Saands zu braun worn, is aa ned schlimm,
kimmt Schoko drauf und ned zu dünn.

Und wanns na alle fertig san,
na werns vosteckt, kummt koana ran.
Am Heilign Abmd hoits d Muatta hea,
macht d Dosn auf: Da san koa mea!

„Ja hamma mia a Maus im Zimma?
Des werd ja aa jeds Jahr no schlimma!"
De Kinder schrein: „I wars ned, gwiß!
Da Opa woaß, wer s gwesn is!"

Mei Weihnachtssport

Am Heilgn Abnd, da muaß i fort
ganz dringend und ganz gwiss.
I mach nämlich mein Weihnachtssport.
Du woaßt ned, wos des is?

Geh einfach mit und schaug di um,
na werst as glei vosteh,
dass i am Weihnachtsvormittag
in d Stadt muaß einigeh.

Mei ham ses wichtig da, de Leit,
si rennan, hetzn, laaffan,
ois obs umsonst wos gabat heit,
si schleppn, schwitzn, kaaffan.

Doch wannst amoi so richtig hischaugst,
na foit dir auf, si san ned froh,
de schaugn so granti, dass di graust
und koana schaugt den andern o.

De Münda san noch untn bogn,
de Stirn in Foitn glegt.
Jetzt siehgst as seiba, s is ned glogn,
de Hand vor Stress grod bebt.

Na kimm i mit meim Weihnachtssport:
I mach koan Hampelmo,
i turn ned und i sprich koa Wort,
es strengt mi aa ned o.

I schaug de Leit bloß in ihr Gsicht
und lächelt si liab o.
Erst stutzns, na geht auf des Licht,
und koana widersteh da ko.

A jeda lächelt zruck zu mia,
manchmoi ned glei, doch scho,
na gengans weida, lächeln dia
aa zua, und du machsts ebenso.

Wenn jeda bei dem Weihnachtssport
mitlächeln daad, so wia jetz ihr,
Weihnachten waar frei vo bäse Wort,
de Fröhlichkeit kaam aa zu dia.

Heilig Abnd vo viere bis spät

„Jetz geh moi weg vom Schlüsslloch,
weil, i wui aa wos segn!"
So bamst da Bua, schubsts Madl weg
und druckt sei Aug dagegn.

„Du bläda Kerl, i war zerscht da!",
mault sie und haut eam aufe.
Er knallt mitm Kopf ans Türblatt dro,
beim Schlüsslloch gibts Geraufe.

Sie blearrn und schubsn, boxn, dretn,
weil jeda gern erspechtn daad,
wos s Christkindl do in da Stubm
drin duad, so hoamli und so staad.

„Wos ist da los? Wos daads ihr do?"
Da Vata brüllt, de Kids wern blassa.
„Wanns ihr ned glei voschwinds, ihr zwoa,
foit Weihnachtn ins Wassa!"

De Kinda fangan s Drenzn o:
„Mia woitn nua ... mia hamma ..."
"Schaugts bloß, dass weidakemts, los, los,
hauts ob in eia Kamma!"

D Familienstimmung is im Eima
so kurz voa dea Bescherung,
de Kinda röhrn, am Vata stinkts.
De Gäst? De ham Vermehrung.

Da Opa kimmt, schleppt d Oma eina,
de oide Tant is aa eiglodn,
da einsam Onke mit seim Zamperl,
an Weihnachtn ko des ned schodn.

Na keman d Kinda wieda aussa,
ganz rot vodrenzt de Gsichta,
soin Flötn spuin und singa,
am Baam, da glänzn d Lichta.

De Flöterei geht voi danebm.
Doch des is eitzad aa scho schnurz,
Hauptsach, de Gschenka liegn no da.
Da Zamperl lasst an Riesenf ....

De Oma is total gerührt,
da Onke sauft an Glühwein,
und in da Kuchl schuft de Muada,
Familienweihnacht is doch fein!

Kinderchristmette

De Kirch is heit lustig, omeiomei,
da hinta uns steht oana und singt glei
mit seina Fistelstimm hoch und ganz schrill:
„Das Heil uns heut vom Hiiiimmel
fiiiiiieeel!"

Umgfoin waarn da beinah fei mia,
ja hot denn der scho sovui Bier?
Zu de andern hischaugn koana si traut,
sunst tat si s glei zreißn und si kuderten
laut.

Nur zua Deckn aufischaugn, dass bloß
koana lacht,
der Pfarrer hot si gfreit üba unsa Andacht.
Er predigt am Anfang, in da Mitt und am
Schluss.
Ko der ned moi aufhearn, wo i so
notwendig muss?

Am meistn Spaß hat des Orgelgschpui
gmacht,
der haut in de Dastn, alle Register
aufgmacht,
ob d Leit mit eam mitdan, da bassd er ned
auf,
er spiut zwoa Zeiln vor, mia galoppiern
hintndrauf.

Am Schluss hams na des Liacht ausgschoit,
weil bloß no de Kerzn alloa leichtn sollt,
da hams alle gsegn, es kunnt nix heller sei
ois wia unsam Pfarra sei Heilignschei.

Und draußt vor da Kirch hat da Föhn uns
ogwaht,
da Schnee war scho weg, und mia warn
nimma staad,
obs Essn scho fertig is hamma uns gfrogt
und brav zum Pfarrer „Frohe Weihanchtn"
gsogt.

Im Auto da hamma dann bloß no laut
glacht,
i hob ma dabei glei in d Hosen nei gmacht.
Da siegstas, es ko lustig und gfährlich glei
sei,
gehst du am Heilgabnd in de Christmettn
nei.

Da Gschenkabaam

Mei, friaras, do hams ned vui ghabt,
na hams de Gschenk am Baam naufpappt.
De warn no kloa, na is scho ganga,
s Kind hot hoit miassn aufiglanga.
Und Zäitl, de hots sonst ned gebm,
da war de Weihnacht no a Lebm.

I hob ma denkt, des mach i wieda,
häng Gschenka auf, do legst di nieda,
de san ja olle vui zu schwaar,
na bleibat ja da Christbaam laar.
Na, nix, muass i hoit kloane hoin,
mei, werd der Christbaam olle gfoin.

Do baumelt aa Ziedie,
do häg i glei an Eipott hi,
a Iiättsett und an Empidrei,
a Händi aa, des is ganz nei,
fürn Opa an Ziediewokmän
fürn Bappa so a Digikäm,
portäbl Ellziedietievie,
an Nävigeischnkarpiezie,
an Uessbeeschtick, Essdie-Kartn,
a Maus fürn Läpp im Kindagartn,
a Händidascherl blöh mit Strass.
Mei Nachbarin wird neidigblass,
wei so a Supergschenkabaam
foit ihr ja ned moi ei im Draam.

Mei Weihnacht

Vom Himme foit ganz leis und sacht
und taut auf meiner Nosn
des zarte Flockerl; wer hots gmacht?
Wer lassts vo obm da blosn?

So steh i untam Tannabaam,
glei nebam zuagfrorn Bach,
da Schnee machts leis und ma hört kaam
vo da Autobahn den Krach.

I denk ma, mei hob i des schee,
i brauch koa Raserei,
mia glangt da Schnee, in dem i steh,
weil, s Lebm is glei vorbei.

Na stapf i hoam, es wachet schee,
a Ast wirft mia an Schnee nauf,
zünd Kerzn o, mach miar an Tee,
und hör zum Umawusln auf.

Genau aso werds richtig Weihnacht,
wannst beianand hockst, Musi spuist,
oana vozeit, mia gebma Obacht,
na singma, dass d glei woi di fuist.

Des glaub i, daad uns alle guat,
ned roasn, umanandarama,
bloß leider hat kaum wer den Muat:
Ma kannt ja direkt wos vosama.

Margit Jahrstorfer
e-mail: amigo34@gmx.net